KB069450

빛과 어둠의 서정시

하늘문 저편의 그대에게

빛과 어둠의 서정시

초 판 1쇄 2024년 02월 06일

지은이 전현식
펴낸이 류종렬

펴낸곳 미다스북스
본부장 임종익
편집장 이다경
책임진행 김가영, 윤가희, 이예나, 안채원, 김요섭, 임인영

등록 2001년 3월 21일 제2001-000040호
주소 서울시 마포구 양화로 133 서교타워 711호
전화 02) 322-7802~3
팩스 02) 6007-1845
블로그 http://blog.naver.com/midasbooks
전자주소 midasbooks@hanmail.net
페이스북 https://www.facebook.com/midasbooks425
인스타그램 https://www.instagram/midasbooks

© 전현식, 미다스북스 2024, *Printed in Korea*.

ISBN 979-11-6910-485-2 03810

값 17,000원

빛과 어둠의 서정시

하늘문 저편의 그대에게

미다스북스

목차 •

• 목차

프롤로그

지난 3년간 말기 암으로 고된 투병 생활을 하시다, 하늘문 너머 푸르른 창공의 구름들과 친구가 되신 나의 엄마…

그곳은 고통 없이, 고민 없이, 슬픔 없이, 자유롭고 행복하지? 혹여나 심심하실까 하여 이 책을 하늘 위 엄마에게 보내 드립니다.

• 1장

고뇌

고독

고난

마지막 별빛

은은한 달빛 아래
나의 눈가에 이슬비가 맺히네

흐르는 이슬비에
지난 삶의 희로애락이
아스라이 스쳐 지나가고

슬픔이 뜨거운 불씨가 되어
내 마음 새까맣게 태우는구나

아! 우리가 알지 못하는 그대여
그대는 왜 우리를 이토록 고뇌하게 하는가

나 저 하늘에 별빛 되어
그대의 새까만 심연을 훠이 쫓으리라

나 저 하늘의 마지막 별빛 되어
환히 비추리라

본디 그 자리에

스르르르르르…
감기는 눈꺼풀…

빛과 이별
칠흑과의 조우…

나였구나…
모든 것은 나의 사념이었구나…

사념은 망상이 되고
망상은 현실이 되고
현실은 내가 되어

빛을 갈망하던 칠흑이
칠흑으로 돌아가는구나…

칠흑은 빛을 갈망하고
빛은 칠흑을 경멸하니

칠흑과 빛 사이 희뿌연 물줄기가
넘을 수 없는 돌부리를 두었구나…

내가 있어 네가 있고
네가 있어 내가 있으니

내 너를 다시 원치 말아야겠다
본디 그 자리의 의미가 있으니…

본성

냉기가 휘몰아치는 칠흑 속에서
내가 알지 못했던 어둠이 깨어나고
그 어둠은 나를 잠식하여 온다

나는 거부하지 않는다
그것이 나의 모습이다
그것은 나의 본성이다

그러나 희미하게 남아
힘없이 깜빡이는 한 줌 빛이
어둠을 쫓으려 한다

하지만 거세게 휘몰아치는
냉기와 어둠을 물러케 하기에는
너무나도 미약하다

그래 내가 도와줄게…
내 안의 어둠이
모든 것을 잠식하고
흑으로 물들이기 전에…

삶의 존재

삶이란 무엇인가
존재함은 무엇인가
무얼 위해 존재하는가

저 하늘 위
저 우주 위

까마득히 펼쳐진 검은 칠판 위에선
무얼 바라며 바라보는가

그대…
원하는 것이 무엇이오

우리의 어리숙한 춤사위가
그리도 재미있으오

우리의 흐느낌이

그리도 즐거우오

노리개들에게는
세상만사 고단함의 첩첩산중이요

더 이상 눈요깃거리가
되기 싫소

할 만큼 했으매
희극 연기는 끝이라오

희극과 비극은
한 끗 차이이나

미천한 우리들에게는
그 한 끗 차이가 천리만리 길이요

부디 하지 마오…
모든 것 그만하오…
간절히 두 손 모아 간곡히 비나이다…

상처

마음속 깊숙이 칼에 베이듯
깊숙한 골짜기가 새겨진다

깊은 골짜기엔 증오와 의심들이 한데 모여
들끓는 화염을 만든다

모든 것을 집어삼키는
거침없는 화염 불길이

깊은 골짜기를 넘어
진실을 불살라 잿빛 재로 만들고

거짓을 벗 삼아
왜곡의 불을 활활 태워 오른다

맹렬히 타오르는
왜곡의 불길은 모든 사실을 외면하게 만든다

쓰라린 상처를
움켜쥐기보다는

벌어진 상처 사이로 뿜어져 나오는
거친 핏빛 증오가

냉랭하고 예리한
검붉은 분노를 만들어낸다

그렇게 모든 것을 망각시키는
검붉은 분노의 이기심이

깊은 상처의 골짜기에
숨어들게 되었다…

타락

휘영청 밝았던 빛은
지금은 검게 물들을 어둠은

옛 모습을
그리워하지 않는다

더욱더 검게
그을리길 원한다

마치 어둠 속에서
밝은 빛을 마주하면 눈살을 찌푸리듯이

밝은 빛을
거부하는 것이다

어둠은 그렇게 더욱더
깊은 어둠을 향한다

끝없는 나락 속을 질주하던 어둠은
이 세상 모든 만물을 검게 물들이기를 원한다

마치 나와 다른 존재들을
시샘하듯이

모든 것들을 나락 속으로
붙들고 가고 싶어 한다

타락한 빛은
어둠이 되어

이 세상 모든 것을
어둠의 장막으로 뒤덮으려 한다

타락…

그것은 내가 원했지만
원하지 않길 바랐고

이미 그렇게 되었기에
다시 돌이킬 수 없는 나 자신이 되고 말았다

나는 점점 더 어둠의 끝없는 나락 속
타락에 매료되어간다

타락은 모든 것을
감추어준다

이 세상 모든 빛을 거부하고
어둠만을 포용한다

나의 깊은 어둠을
타락만이 이해한다

타락한 깊은 어둠은
모든 빛을 암흑 속으로 빨아들일 것이다

암흑

검음과 검음이 더하여
더 검은 검음을 검은 벽에 칠한다

보이지 않음에도 보고 또 보아 보려고
컴컴한 암흑 속 어딘가를 주시한다

어둠보다도 깊은 암흑 속은
티끌 하나 보임이 없고 가느다란 숨소리조차 들림이 없다

도대체 언제부터
무엇을 위해 무슨 연유로

이 암흑 속에 존재해 왔는지
도무지 알 길이 없다

그저 평생토록
검음인 줄 알고

그저 영원토록
검음으로 존재하게 될 뿐이로다

깊은 어둠보다도
더 칠흑 같은 암흑 속에는

검음들만이 그렇게
홀로 고독히 존재할 뿐이로다

고독한 암흑에게
눈부심이란 있을 수 없는 것이었다

가면

안개 속에 가리어진 초승달
빛 없이 일그러진 빛 없는 빛줄기

비춤 없이 비추는 척
기만 품은 영혼 없는 빛줄기

싸늘히 찬비만 내리며
서늘한 땅바닥 더욱이 서늘히 적시우는
가면 속에 가리어진 그대

연기

매캐한 연기 한 모금을 뿜어본다
내 안의 쓰라린 가시들을 담아

자욱한 회색빛 안개 흐릿하게 춤을 춘다
내 안의 슬픔에 손을 건네며

아쉬운 불꽃들이 타들어 간다
잠시 취한 몽롱함을 지워내며

다시 불타올라 다오… 다시… 다시…
이 내 몸도 같이 타올라 다오…

아니면… 모든 것 태워버리고
헤픈 몽롱함만 남겨다오…

겨울비

을씨년스런 회색빛 겨울날
듬성듬성 고목들 위에
차디찬 겨울비가 내린다

몸서리치는 스산한 한기…

아랑곳하지 않고
냉랭한 회색빛 하늘이
차디찬 겨울비를 쏟는다

환영받지 못하는 겨울비는
그렇게 하염없이
쏟아붓기만 했다…

외로운 겨울비는
검은 빗자국을 남긴 채

쓸쓸히 스며들어
자취를 감추었다…

빛의 그림자

걷는다
외로운 밤길을 걷는다

가로등불 옆으로
누군가 따라온다

검은 형체를 가진 그 녀석은
토닥토닥 내 걸음을 흉내 낸다

잽싸게 고개를 휘이 돌렸다
그 녀석도 멈춰 섰다

묵언의 대치 상황
서로 음성을 뒤섞지 않는다

다시 터벅… 터벅…
귀소본능에 이끌려 하염없이 걷는다

여전히 나와 동행하는 녀석
하지만 나도 더 이상 싫지 않은 듯

바닥에 고개를 떨구고 발장단을 맞춘다
터벅… 터벅…

친구가 된 우리는
그렇게 외로운 밤길을 조용히 깨뜨렸다

영혼

구름 위를 사뿐사뿐
암흑 사이를 휘엉휘엉
정처 없이 떠도는 아지랑이

떨군 이목
아래로 아래로…

붉은 눈시울
위로 위로…

영혼은 점점 더 높이
아득한 위를 향했고

다시는 고개를
떨구지 않았다…

영혼에게
붉은빛은
어울리지 않았다

1장 – 고녁, 고독, 고난 ·

고난

고독함이 절망을 부르자
쓸쓸함이 슬픔을 불렀다

지루함이 외로움을 부르자
적막함이 두려움을 불렀다

고요함이 희망을 부르려 하자
고단함이 고난을 부르고 말았다

환희

황홀함이 기쁨을 부르자
따뜻함이 행복을 불렀다

유쾌함이 즐거움을 부르자
향긋함이 아름다움을 불렀다

삭막함이 공포를 부르려 하자
찬란함이 환희를 데리고 왔다

화분

매끄러운 화분 속
푸르릇 푸릇한 저 풀잎들

따사로운 햇살에
고개를 갸우뚱

어미의 품에 안기듯
따스한 햇살에 포옥

평온한 너의 모습 보며
나의 미소도 찡긋

잘 자라려무나
따스한 햇살의 손길이

너를 꼬옥 감싸 안아
영원히 지켜줄 거야

행복 여행

무거운 짐 배낭 홀가분히 내려놓고
가벼이 떠나는 기찻길 여행

투명한 창문 사이로
반겨오는 따스한 햇살의 미소

미소 너머로 다가오는
자연의 평화로운 모습들

칙칙하고 배고픈 가슴 속에
설레이도록 다채롭게 들어오는

햇살의 금빛 주황색
나무의 산뜻한 초록색
하늘의 시원한 파란색

그리고 간간이 들어오는
햇살 머금은 강물의 투명한 듯한 은빛 물결

무거운 짐 배낭이 자리했던
묵직하고 버거웠던 여린 두 어깨 위로

무게조차 느낄 수 없는
깃털 같은 아름다운 빛깔들이
살포시 내려앉는다

어느새 종착지에 도착한
꿈만 같던 기찻길 여행

휘이 휘이 고개 돌리며 자연의 풍경을
넘칠 듯이 가슴 속에 한 아름 담아 본다

아쉬움과 칙칙함과 거무튀튀한 마음만
덩그러니 남겨둔 채 발걸음을 되돌린다

차디차게 얼어붙은 겨울 바람결 속에서

따사로운 봄 햇살을 안겨준

행복 여행

꽃피는 봄날

꽃 피는 봄이 오려 하자
눈보라가 더더욱 거칠게 흩날렸나니

따뜻한 봄바람이 하늘하늘 다가오려 하자
매서운 얼음 바람이 더더욱 세차게 불어왔나니

시리도록 언 땅 위에
차디찬 얼음 이불이 소복하게 깔렸나니

어느새 캄캄한 밤하늘이 서서히 흩어지자
해맑은 봄 햇살이 반가이 얼굴을 내밀었나니

구름 한 점 없는 맑은 하늘에서
따듯한 봄비가 어김없이 내려왔나니

꽃 피는 봄날이 찾아오자
겨울은 땅속으로 황급히 젖어 들었나니

꽃 피는 봄날은 그렇게
설렘 가득히 안고 반드시 찾아왔나니

달님

부끄러운 듯 서쪽 하늘 어깨 위에 살포시
고개 기울이는 노을 진 석양을 바라봅니다.
낮 시간 내내 강렬하게 타오르며 지칠 대로 지친
붉은 태양님도, 이제는 한숨 쉬려 밤하늘의 은빛 달님과
자리를 바꾸려나 봅니다.
검은 물결 은빛 물결 찰랑이는 강물 속에 담기어진 달그림자의
모양을 보아하니, 오늘은 메마르고 날렵한 초승달님이
청초하게 뜨셨습니다.
초승달님은 아마도 날카롭고 예리한 모습처럼
마음 빛도 모남이 많을 것 같습니다.
초승달님도 언젠가는 서서히 자신의 어둠 공간을 은빛으로
채워나가며 완연한 보름달님이 되겠지요.
둥근 모습처럼 모난 마음 빛도 둥글둥글 둥글어지겠지요.
초승달님을 바라보며 이 내 모습도 보름달님이 되어보길
소박하게 소망해 봅니다.

해방

나풀나풀 흐느껴요 풀잎이
바람 없던 메마른 하늘에서
하늘하늘 바람이 불어와요

웃음 섞인 가벼운 속삭임이
심심했던 밤하늘의 단출한 무대에
알록달록 별들의 반짝임을 선물했어요

살랑살랑 날 수 있겠어요
드디어 드디어 가벼워졌어요

파랑새가 되어 하늘하늘 날아갈래요
막연하게 그냥 날아가 볼래요
그냥 그렇게 훨훨 날아가 볼래요

푸른 보름달

덩그러니 두둥실 떠 있는
푸르른 파란 빛깔 보름달

까만 은하수 화폭 속에 담기어진
한 아름 눈부신 동그라미

두 손 모아 정성스레 소원 비는
은하수 아래 콕 집은 검은 점들

소원하고 희망하고
간절하게 구원 바라는

콕 집은 듯 콩알만 한
셀 수 없는 검은 점점들

너의 소원 나의 소원
또 그대들의 소원

모이고 모이고 한데 모여
저 푸르른 동그라미에게

예쁘고 찬연한
간절함의 빛줄기를 고이 보내나니

푸르른 달님이여
더욱더 환히 밝게 빛나소서

검은 점들 위로
하얀 희망의 빛줄기를 비추소서

회상

눈꺼풀 조심히
스르르 내리닫고

어둠의 장막이
안락한 고요함의 무대를 지어주면

이 내 몸은 시간의 나이테를
더듬더듬 꼼꼼히 더듬어요

보고픈 추억들
잊고픈 악몽들

골라골라
하나씩 골라 집어

허공 속에 띄워
바라보아요

재밌기도 슬프기도
무섭기도 즐겁기도

참으로 다양한 이야기들이
이 내 머릿속에 가득해요

언제… 어느새…
이리도 많은 기억들이

이 자그마한 머릿속에
무수히도 많은 회상의 집들을 지었을까요

집이 너무나도 많네요
빼곡한 집들을 하나둘 허물어야겠어요

내가 아끼는 집들만
남겨두어야겠어요

아~~ 아~~
홀가분하여요

재밌고 즐거운 집들만
옹기종기 남았어요

시간의 나이테도 젊어졌고
이 내 미간의 주름살도 한두 줄쯤 지워졌어요

열린 눈꺼풀 밖의 세상도
즐거우겠지요

그럴 거예요
꼭 그래야만 해요
아마도 꼭 그럴 것이어요

3장

격려

용기

도전

시간

작(昨)을 그리워하고
금(今)은 괴로워하고
명(明)은 희망하고 소원한다

작 금 명

시간이라는 테두리 안에
모든 희로애락이 담겨 있다

흐르는 강줄기를
거슬러 오를 수 없듯이

작(昨)으로
되돌아갈 수 없음에
아쉬워 말고

하늘 위에 뭉게구름이
멈추지 않고 떠다니듯

금(今)의
고난과 역경 또한
지나가리라 안심하고

짙은 밤이 지나면
밝은 해가 뜨듯이

명(明)을
간절히 소원하며
희망차게 전진하자

천성

타고난 본질이 있으매
탓하지 마오

그에겐 그것이
당연한 거라오

그에게 묻지 마오
왜 그랬냐고

그저 숨 쉬듯
자연스레 행했을 뿐이라오
그를 탐탁지 않게 여기지 마오

그도 이미 많은 어려움의 풍파 속에서
쉼 없이 허우적대고 있으니

당신은 당신 나는 나
모두 타고남이 다르다오
그러니 우리 모두 탓하지 마오

술 한잔

또로로록 청명한 물방울 소리
잔 속을 가득히 채울시고

기울인 술잔
목젖을 뜨끈하게 타고 넘고
입꼬리가 씰룩쌜룩

알딸딸 취기 올라
두둥실 구름 위에서
둥실~ 둥실~

시름, 시련, 슬픔, 아픔, 고민
모두 모두 한데 모여
흔들~ 흔들~

한잔 술에
우리 모두 덩실~ 덩실~

뒷모습

당당히 어깨를 펴
시련의 무게에 버거워 마

우리가 같이 들어줄게
우리는 너의 친구

슬퍼 마 괴로워 마
아무것도 아냐

슬픔도 괴로움도
심심해서 그래

모두가 친구가 필요해

나도 너의 친구
너도 나의 친구

우린 모두 친구가 필요해

어깨 위로 살포시 손 얹어 줄 친구

미련

깊이 고여 탁한 물을
이제 그만 흘려보내어라

남음에 아까움 말고
후련히 말끔히 버려버리라

초침 소리와 발맞추어
새로움이 걸어오나니

그 발걸음 무안치 않게
설렘 안고 동행하여라

술친구

주거니 받거니
오메 가메
챙그랑 술잔 부딪히고

찰랑이는 술잔
술 방울 흘릴까 아까우이
홀랑 꺾어 목구녕으로 슈루룩~~~

순둥이 된 눈빛들이
서로 바라볼 시고

옛 추억 안주 삼아
말 꽃이 만개하니

추억 속 기억들이
벚꽃 흩날리듯
하늘을 수놓는구려

아름다운 무지갯빛 기억들이
입꼬리를 무지개다리 모양 만들고

히죽히죽 씰룩이는
표정들이 모든 시름 잊었구려

술이 친구냐?
네 녀석이 친구냐?
그려 우리 모두 친구일세

굴레

쉼 없이 굴러가는
낡은 물레방아

졸…졸…졸… 흘러내리는
염치 눈치 없는 시냇물

돌…돌…돌… 데굴데굴
정신없는 물레방아

헉…헉…헉… 힘에 부친
물레방아 공이

곡식 빻느라
제 몸 못 살피는 착한 공이

언제쯤 쉬려나
무던히도 바지런한 바보 공이

눈치 없던 시냇물이가
걸음을 늦추어 가는구나
아이 고마워라

이제 좀 그만 돌자
이제 좀 그만 빻자

물레방아도 멈춰 서서
한숨 좀 돌려보자

공이도 콩… 콩… 콩…
머린 좀 그만 찧자

물레방아도 공이도
쉬엄쉬엄

밝고 청명한 경치 좀
즐겨보자

이리도 아름따디 아름다운

세상이었구나

지금이나마 알게 되어
얼마나 다행이더냐

알게 되었으니
한숨 휴~~~ 돌리고
다시 힘차게 굴러가 보자

눈물의 폭포

퐁당퐁당
깊이를 알 수 없는

깊고 깊은 밤 호수에
마지막으로 돌멩이를 던져본다

얌전한 파동이 수줍이
돌멩이 주인에게 다가온다

두 손 모아 한 아름 물 파동이를
떠보아 본다

일렁이는 거울 물결 속에서
나의 모습이 울렁울렁 비추어진다

흐릿한 눈망울에서
너를 닮은 구슬방울들이
너를 향해 떨어지는구나

나의 속박을 떠나
자유로이 물결을 헤엄치고픈
너를 놓아주고 싶구나

너는 깊은 밤 호수와 함께
잔잔히 흐르고 흘러

저 아득히도 먼 끝자락
끄트머리까지 가렴

그곳엔 어지간히도 긴 세월
나에게서 떠나보낸 너희들이 있단다

눈물의 폭포
폭포는 끝없이 흐르고 흘러
짜디짠 드넓은 자유의 바다로 나아갈 거야

먼저 해방의 자유를 누리려무나
언젠가는 그 자유를 만끽하러 갈 테니

파도

울렁울렁 출렁출렁
파아란 물결 일렁이며
춤을 추는 바다의 물결들

보슬보슬 부서지며
팝콘 같은 새 하이얀 알갱이들을
우수수수 뿜어댄다

파아란 사파이어 보석들의
그립디고 그립딘
고향일 듯싶기도 하여라

고향 찾고자 부서지는 물결 속에
호기심 가득한 얼굴을 살포시 풍덩

파아란색 바다의 품속을
황홀히 탐닉한다

하늘의 햇빛 받은 금 줄기
파아란 파도 숨결의 검푸른 줄기

켜켜이 쌓이고 쌓여
두둥실 춤을 추며 흘러가고

하늘하늘 고민 없이
자유로이 가벼이 머리 흔드는 해초들이

수줍이 살랑이며
파도 위 낯선 이를 반긴다

너무나도 아름다워
글 모양으로 표현하기도 아까운
새 파아란 푸르른 사파이어들아

너희의 고향이란다

햇빛의 금색 부서지는 파도의 흰색
파도가 숨 내뿜는 검푸른색

이 모든 아름다움을 품은 바다의 파아란색

이 모든 색깔들이 너희의 친구란다
사파이어들아 악수하렴

고향 속 친구들은
너희를 사랑한단다

용기를 갖고 다시금 바다 위로 힘차게
너희의 파~아란 푸른빛을 뿜내보렴

그 찬란한 빛들은
쉬이 꺼지기에 아깝단다

그러니 마음껏
그 푸른빛을 뿜내려무나

연극

나무 가시 까슬히 옻칠조차 없는
까칠하고 가혹한 나무 바닥

낯선 바닥 위에
어리둥절 저 누구들

두리번대는 갈피 잃은
당황스러운 저 두 눈동자들

파르르 요동치는 왼 가슴 부여잡고
씩씩했던 입술을 씰룩씰룩

어영부영 두서없는
자신감 잃은 말소리들

사방팔방 따갑게 들려오는
무자비한 가시 돋친 말소리들

그렇지만 움츠리지 않으리
너희도 그 누구도

하늘 높이 풍족히 자리 잡은
악어눈물 흘리는 그이들은 몰라도

낮은 바닥 주저앉은 순진무구한 이내들은
결코 어깨를 움츠리지 않으리

당당히 나아가 봐야지
감동스런 연기 한번 보여줘야지

처절히 고생 깃든
연극 한 편 완성해 봐야지

그 눈물 맺힌 연기들은
결코 혹평할 수 없으리니
감히 평할 수 없는 것이리니

나눔과 베풂

너도 하나 나도 하나
다시 내 품속에 하나

내 것을 너희에게
저기 저 그대들에게

나눠 갖자 같이 쓰자
아니 그냥 목적 없이 베풀런다

받아라 받아라 또 받아라
받을 생각 않고 주려 하니

이 마음이 날아갈 듯
홀가분하구나

너도 꼭 나누어라
아니 그냥 베풀거라

둥글둥글 둥근 지구는
쉼 없이 돌고 돌아야

그 소중한 베풂들이
너희에게로 돌아간단다

자유

공활한 창공 위를 훨훨 나는
독수리의 날개처럼

드넓은 초원 위를 힘차게 내달리는
얼룩말의 다리처럼

광활한 바닷속을 유유히 헤엄치는
돌고래의 지느러미처럼

녹음이 우거진 산속을 해맑게 거닐며
깊은숨을 들이마시리

어지러이 널려있는 잔상들을 잊고
숲속의 산뜻한 그림들을 시원하게 간직하리

바오밥나무

웅장한 모습 뽐내는 저 바오밥나무도
가냘프고 어린 시절이 있었노라

단단하고 옹골진 흙바닥을 뚫고
가녀린 새싹 틔우던 시절이 있었노라

따가운 비바람에 싸늘하게 젖으며
휘몰아치는 돌풍에 맞서며

이파리에 맺힌 이슬 눈물 털어내며
우두커니 버티었노라

수백 년의 세월 비하면
수십 년은 짧지 않은가

묵묵히 버티어라
묵묵히 견디어라

높은 안개 위로

솔솔 불어오는 봄 내음을 맡게 되리라

용기

거친 땅바닥은 그만 바라보렴
가녀린 목이 힘들어하잖니

주눅들은 고개를 차분히 들어
아득히 높고 높은 맑은 하늘을 바라보렴

저 너머 세상 끝까지 시원하게 펼쳐진
소복이 쌓인 눈구름들을 바라보렴

몽글몽글 눈구름들 사이로
아름답게 내리쬐는 빛나는 빛을 바라보렴

저 빛은 내일도 그다음 날도 어김없이 비춘단다
비가 오고 궂은 회색날이면 감추기도 하겠지

그러나 용기 있게 우울한 먹구름들을 헤치고
그렇게 보란 듯이 온 세상을 밝히는 빛을 뿜낸단다

저 빛나는 빛을 바라보며
너의 아름다운 꽃을 피워보렴

네가 보지 못하는 너는, 너의 모습은, 너의 꽃은
저 하늘의 빛줄기만큼이나 아름답단다

자연의 표식

보려 하면 보인답니다
산과 나무와 청아한 시냇물과
그 품속에 담기어진 돌멩이들과

이 세상 모든 것에는
당신을 위한 표식들이
뚜렷이 아로새겨져 있답니다

허투루 지나치지 마세요
갈피 잃은 그대 위한
올바른 삶의 지침표랍니다

보려 하면 보인답니다
그대 향한 상냥한 손길과
반갑게 마주하세요

도전

어두운 과거에 집착치 말고
침울한 현실에 안주치 말고
복잡한 미련을 훌훌 털어버리리

과거를 후련히 차버리고
현실을 또렷이 직시하면
미련은 설레이는 미래가 되리니

미래는 지그시 손길을 뻗을 것이다
그 소중한 손길 미련스레 놓치지 말고
먹구름 낀 마음에 희망의 햇살을 비추어라

아픔과 고민

아픔은 가시가 되어
휘리릭 마음에 꽂히고

마음은 칭얼대며
아픔을 뽑아내고

아픔이 토라져
하늘 끝에서 고민을 데려오면

약하디 여린 내 마음
고민을 받아주지

내 머릿속 놀이터에
죽치고 눌러앉은 고민 녀석

무슨 불평 엄살이
그리도 심하더냐

끼리끼리 논다더니
아픔이랑 아주 똑같구나

그만 정신들 차리거라
이! 놈! 들!

4장

깨달음

성찰

사색

하늘과 달빛

밝은 하늘
은은한 달빛

빛과 어둠
너희는 친구니

우리에게는
슬픔과 행복

슬픔과 행복은
친구가 될 수 있는 거니

하긴 친구는
티격태격하는 거지

깨달음

무거운 눈을 뜨자 보였다
갈망하던 마음이 너를 보았다

뚜렷이 보이기에 보았다
너의 모습이 그렇게 빛나게 보였다

너의 존재를 이제야
너의 마음을 지금에서야

헤아리며 느끼며 깨달으며
뚜렷이 보게 되었다

가시 말

쿵쾅쿵쾅 두근두근
달아오른 심장 소리

번뜩번뜩 흔들흔들
살기 어린 눈빛 섬광

벌어진 입술 사이로
우르르 쾅쾅 천둥소리

가시 옷을 입은
치명적인 천둥소리

다른 이 마음에
아프게 달라붙어

치유할 수 없는
영원한 상처를 입힌 가시 말

뽑아주려 손 뻗지만
손가락 사이로 스르르르

따끔따끔 마음 괴로워
눈가에 그렁그렁 눈방울

이 세상 가장 가슴 아픈
가시 말 상처

탐욕

눈부신 광채 품은 화살촉이
빗발치듯 쏟아 내린다

눈부신 광채, 황금빛 품은
빼죽한 탐욕의 금빛 화살들이

땅 위의 각양각색 존재들 위로
휘황찬란한 금빛 허영심을 퍼붓는다

아름답게 눈부신 금빛 화살촉에
멍청히 홀린 가련하고 미천한 존재들은

아등바등 허겁지겁
무던히도 바삐

금빛 화살촉을 주으려
서로를 자비 없이 아프게도 밀쳐낸다

안하무인 거침없는 존재들은
너와 나의 이해심을 망각하고

오로지 황금빛에 매료되어
오로지 허영심을 뒤좇는다

어느새 허영심으로 가득히 채워진
이기적인 존재들의 마음속 우물에는

쉬이 잠을 청할 수도 없는
금빛 눈부심만이 따갑게 남게 되었다

끝을 모르게 더해가는
눈부심과 따가움과 뜨거운 황금빛은
우리의 우물을 더욱더 메말라가게 하고

지친 영혼이 편히 쉴 만한
아늑한 어둠 공간마저 허락지 않는
무자비한 황금빛 향연들은

가련한 존재들의 가냘픈 영혼을
더욱더 야위게 하였다

부질없고 의미 없이
끝없이 비추어대는 황금빛으로

미천한 존재들의 눈을 멀게 하는
그 빛을…

그 빛을…
우리는 탐욕이라 칭한다

암시의 속삭임

무성히 어둠이 우거진
기나긴 암흑의 터널을 지나

검은 어둠이 나인 듯
내가 검은 어둠인 듯

갈피 못 잡아
맴돌던 그때에

귓속을 간질이며
소곤소곤 속삭이던

과거의 몸짓 말짓 들이
파노라마처럼 흘러간다

무심코 지나왔던
모습들과 음성들이

뜨문뜨문 비어 깨져버린
모자이크 암흑길 위를

퍼즐 조각 채우듯
차라락 채워나가며

당당히 나아갈 수 있는
목적의 길로 다듬어 주었다

의미를 품고 다가왔었던
모든 몸짓 말짓들은

어둠 속을 벗어나 빛으로 인도하려 했던
암시의 속삭임이었던 것이다

어울리는 옷차림

맞지 않는 옷을 입었으니
답답할 수밖에

어울리지 않는 옷을 입었으니
만족지 않을 수밖에

알았으면 이제라도
다행히 지금이라도

어울리는 옷을 입자
숨이 탁 트이도록

얼마나 다행이더냐
내게 꼭 맞는 옷을 찾았으니

인과응보

그렇게 행하였기에
그렇게 된 거라네

왜냐고 되묻지 말게
왜그랬냐고 되려 묻고 싶네

늦게나마 무거움을 덜어보게
무거움이 쌓여 자네 어깨 뭉그러뜨린다네

세상을 탓하지 말게
세상은 그저 가만히 존재했을 뿐이라네

혼란함은 그대 마음에 있다네
어리석음도 그대 마음에 있다네

그대에게서 비롯하여
그대에게로 되돌아간 것이라네

고독과 빛

매캐한 따가운 연기들이
보임을 지독히도 훼방 놓고

고적히 사색의 날개를 펄렁이며
속절없는 망상의 나래를 펼치운다

알 길 없이 깊은 수렁의 늪에 빠진
납덩이 된 체념의 영혼

간절한 참된 머리 위로
별들이 은빛 폭포가 되어 눈부시게 쏟아져 내린다

숭고한 기품 서린 은빛 향연이
고립된 고독 위의 매캐한 더께를 말끔히 흐트린다

흐르는 강물

누구나 다 나름대로의 힘듦이 있으니
그대로 흘러가게 내버려 두게

흐름이 흘러흘러 맑아지면
영롱한 물방울이

당신의 가슴 한켠을 싱그럽게
토닥일 테니

그 아리따운 영롱함이
당신을 시원한 물줄기로 하여금

모든 번민에서
벗어나게 하리라

거울

거울 속에 비친 나의 너
물끄러미 바라보아도
낯설은 나의 너

그림자가 너를 감추고
찬바람이 너를 가져가
낯설지만 너는 나의 너

거울 속에 비친 나의 너
어느새 익숙해져 버린 나의 너
이제부터 너는 나의 너

• 5장

체념

아쉬움

그리움

깊은 사랑

너무 깊은 사랑은

내 마음속 보물섬 물가에

깊은 웅덩이를 만드네

저 아름다운 웅덩이를 뭐로 채운담

내가 줄 수 있는 건 맑은 물방울이 전부네

그래 찰랑찰랑 예쁘게 채워야지

어! 근데 물방울이 더 이상 나오지가 않아

어떡하지

아 힘들다… 다음부턴 깊은 사랑하지 말아야지…

마음의 곳간

넓디넓은 드넓은 평야에
노르스름한 벼들이 고개 숙여 무르익고

고개 떨군 벼들의 머리끝에서
쨍그랑 쏟아지는 무수한 황금빛 쌀알들

주섬주섬 황급히 주워 담는
똑똑한 소수의 농부들

어느새 가득히 넘쳐흐르는
포댓자루의 황금빛 쌀알들

넘치는 쌀알 버릴까 아까우이
남김없이 쓸어 담는 똑똑한 농부들

마음속 곳간까지 지어
가득히 담는 자비로운 똑똑한 농부들

쌀알 줍지 못한
아둔한 농부들에게 생색내며

한 톨 두 톨 쌀 알갱이
찔끔찔끔 떨구어 주네

아둔한 농부들
어쩔 줄 몰라 감사하며
때 묻은 쌀 알갱이 바들바들 움켜쥐고

똑똑한 농부들 자신들의 자비로움에
스스로를 어여삐 격려하는구나

마음에 지어놓은 곳간 없는
아둔한 농부들

느즈막이라도 마음의 곳간 지어보려
아등바등하지만

쌀 알갱이 한 톨 두 톨 담아두기에는
마음 곳간이 민망하고도 무안하구나

어찌할까
배고프고 염치없어진 아둔한 농부들

진즉에 부지런 좀 떨 것을
진즉에 욕심 좀 부릴 것을

어찌하나
열 발자국쯤 늦었으니 그냥 이리 살아야지

어쩌겠나
옛적부터 흘러 내려온 역사의 속절없는 물결이거늘

별수 있나
그냥저냥 쓰라리게 메마른 눈가 바들바들 훔치며 살아봐야지

시작과 끝

별들이 떠올랐다
눈부신 빛을 뿜내며
저 하늘 끝에 은하수 한 무리 두었다

별들의 반짝이는 별빛들이
차근차근 싸늘히 잦아 들어간다
저 하늘 수놓았던 눈부신 한 무리들 흩어져간다

태어남이 있었다
이 땅 위에 영원히 존재할 것 같던
아름답던 꽃잎들이 있었다

세찬 찬바람 휘~익
따스한 더운 바람 휘~익
변덕스런 바람들에 꽃잎들이 떨어져 나간다

두 팔을 정신없이 휘두르며
하늘 위로 휘날리는 꽃잎들을
열 개라도 아니 한 올이라도 붙잡으려 한다

새침한 꽃잎들은
하늘의 바람을 원하듯
사방팔방 자유로이 떠오른다

꽃잎들아 꽃잎들아
휘이 휘이 살랑이며 날아가거라
꽃향기만 남겨두고 날아가거라

가거라 가거라
아쉬움 말고 걱정 말고
애틋한 마음 그만 거두고

가거라 가거라
있다가 있다가 쫓을 테니
시선을 위만 바라며 가거라

가거라 가거라
가거든 꼭 기다리어라

눈망울

크디큰 호수 품은
대지의 맑은 수정이여

수정은 맑디맑게
맑음을 비추건만

수정은 맑음을 모르고
어둠의 손길을 보듬나니

탁한 그늘 속에 숨지 마오
안개 속에 감추지 마오

커다란 눈망울
아직은 닫지 마오

외로운 메아리

매끄러운 순백의 벽에
먹물 머금은 붓털의 촉촉함을
무참히 털어냈다

왜인지 모르지만
그냥 거칠게 뿌려 보았다
후회를 내 눈 안에 묵혀둔 채

순백의 벽에 새겨진
빛을 삼킨 먹물들은
여백 남김없이 벽을 물들인다

순백의 벽이
온통 먹이 되었다
빛이 사라져 버렸다

싸늘하고 먹먹하게

먹과 우두커니 선 모습만이
외로이 남겨졌다

왜 그랬을까 왜였을까
허공 속을 맴도는 메아리들
대답 없이 외로이 떠도는 메아리들

하늘빛 그대

연하게 펼쳐진 하늘빛 세상
진하게 물들은 진흙빛 세상

맑음 품은 환한 빛결
맑음 잃은 탁한 어둠

하늘 높이 솟은 그대
하늘 아래 머문 그대의 나

노심초사 하늘빛 내려주네
오매불망 하늘빛 바라보네

두껍아 두껍아

하늘에 맺힌 이슬비가
촉촉이 오솔길을 적시우니

산속 깊은 생명들이
시원한 이슬비 축이려

하나둘 하나둘
스멀스멀 살며시 모습 뵈는구나

이슬방울 한 모금
풀잎 잎사귀 한 장 한 장

옹기종기 모여모여
너도 한입 나도 한입 즐기려는데

훼방 놓는 와글와글 징글징글
따가운 지네 무리들

덤덤히 홀연히 나타나
호로록 호로록 물리치는 두껍이

두껍아 두껍아
은인의 두껍아

두껍아 두껍아
자비의 두껍아

서서히 눈감는
희생의 두껍아

고맙다오 고맙다오
두껍아 두껍아 이제 그만 쉬려무나

오동통히 귀여운 우리 두껍이
촉촉한 이슬비만 머금고 따가움 홀랑 잊거라

망연 눈빛

봄날을 바라며
청초한 햇살을 바라지만

앞길은 점점 안개 품에 몸을 감추고
뜨거운 물방울은 쓰라린 가뭄을 일으키네

자욱한 안개 너머 파란 하늘 너머
파란 하늘 너머 눈 시린 햇빛 너머

끝없이 바라보네
망연히 바라보네

몽상

나른하미 떠오르고
가라앉는다

뭉게뭉게 연기 피어오르면
위로 떠오른다

허우적대며 가녀린 부슬비를
맞으며 헤엄친다

이마 자락 가냘픈 것을
쉬이 쓰담아 넘겨본다

자욱한 허공을 가르며
은빛 줄기를 향해 절실히 뻗어본다

붙잡으려 말고 놓아 주어라
쉬이 떠오르도록…

그렇게 또 그렇게

뭉게연기 두둥실 편히 떠오르도록…

• 6장

너무 밝은 형광등

온 집안을 너무 밝게 비추는 저 형광등
너는 참 눈치도 없구나

빈 공간 많은 이곳을
왜 이리 훤히 비추니
너무 눈부셔 내 눈이 따갑잖아

저 칠흑같이 어둠이 내린 방 한켠은
왜 훤히 비추지 못하니
너무 어두워 쓸쓸해 하잖아

저 쓸쓸한 어둠이
너의 빛마저 삼키는구나

미안해 사라지지마
너의 빛마저 사라지면
나의 빛마저 꺼질것 같아

형광등아
너의 빛이 나의 유일한 친구구나

눈보라

까맣게 어둠이 흐르는 밤하늘
방울방울 하이얀 꽃눈송이가 흩날린다

차디찬 꽃눈송이 살갗을 에며
나의 눈가에 담긴 달빛 은방울을 탐낸다

밤하늘의 친구 달빛, 나의 친구 고독
고독의 친구 달빛

친구의 은방울을 쉬이 건넬 수가 없다
지끈 감은 눈꺼풀이 은방울을 머금는다

혹독한 꽃눈송이 눈보라 거친 숨 몰아쉬며
어둠 속으로 쉬이익 빨려들어 간다

어둠이 곧 갈라지고 하이얗지 않은
따사로운 눈부심이 내린다

· 빛과 어둠의 서정시 ·

차디찼던 살갗이 온기를 느끼며
지끈 감은 눈꺼풀을 파르르 들어 올렸다

눈부심에게 나의 달빛 은방울을
흐느끼듯 미소 지으며 건넸다

찬란한 눈부심은 들썩이는 나에게
혹독했던 눈보라의 기억을 녹여주었다

눈물

그대여 왜 자꾸 눈물 흘리시나요
이제 그 눈물 거두어요

하염없이 흘리지 마요
그 눈물

제발 좀 멈추어요
그 눈물

다 말라 버리잖아요
눈물도 마르기 싫어요

당신과 함께하고파요
떠나지 말아요 그대

당신의 눈앞이 또다시 흐려지시나요
흐느끼고 계신가요

그래요
나도 이제 모르겠어요
펑펑 울어 버리세요

하염없이 흐르는 눈물로
당신의 타들어 가는 아픔 식혀 줄게요

내 한 몸 바쳐 그대 슬픔
데려갈게요

대신 저를 곧장
따라오지 마시어요

당신을 맞이할 시간이
필요해요

부디 쉬엄쉬엄
따라오시어요

미련 없이 남김없이
다 털어버리고 오시어요

저곳은 평안할 것이어요
눈물 한 방울 무게도 없이 아픔도 없이 슬픔도 없이
너무 가벼울 것이어요

조금만 더 버티시어요
저곳이 당신의 보금자리 지어줄 동안

우리 그때 다시 만나요
저도 당신의 아늑한 눈망울 속으로 돌아갈게요…

취음

살랑살랑 고개를 흔들며
속삭이는 음표들의 재잘거림 들으며

눈을 지그시 감으며
깊은 상념에 젖으리

잔잔한 생각의 물결에 휩쓸려
몽환의 바다에 빠져들고

먹먹히 들려오는 아름다운 선율 소리가
날 헤프게 웃음 짓게 해

아른아른한 상상 속을 헤엄치며
오선지 위의 음표들과 그렇게 하염없이 흘러가

오… 오… 그대여
날 붙잡지 마오
이 멜로디에 영원토록 취하고 싶어요

오… 오… 그대여
난 이렇게 춤추고 싶어요
이 몽환 속을 영원히 맴돌고 싶어요…

슬픈 웃음

입꼬리는 오르지만
눈가에선 구슬방울 내리고

나른한 몸뚱이는
흐느적 춤사위 벌이지만

가슴 속 마음은
쥐어짜듯 미어지고

내 정신은 알쏭달쏭
슬픔과 웃음 사이 헤매이네

북받치는 울음은
어느새 웃음 꼬리 일그러뜨리고

흐느끼는 어깨 울림이
무겁게 몸뚱이를 억누르네

나의 영혼, 나의 마음, 나의 정신
나를 위로해 줄이는 내가 전부네

쓸쓸하디 적적하디
가냘픈 슬픈 웃음이

결국에는
내 정신을 훔쳐가는구나

그래…
하나 남김없이 몽땅 쓸어 가시리…

홀로 남아
잔잔한 여운을 느끼며

잠시나마 평안함의 숲을
거닐고 싶으니…

슬픔의 파도

온 세상 뿌옇게
송글송글 방울이 맺혔다

흐뿌연 방울 너머
무언가 희망을 바라며 바라보았다

바라봄이 무안하게
보이질 않았다

무색하게도 도무지
보이질 않았다

간절히 눈시울이 붉어졌지만
여전히 보이질 않았다

붉어짐이 어느새 화가 되어
활활 타올랐지만

여전히 보이질 않았다
그저 내 안에 가둔 채 펑펑 흘러넘쳐 버렸다

넘침은 어느새
그렇게 슬픔의 파도 속에 던져지고 말았다

속박에 얌전히 몸부림치며
그렇게 깊은 아득함 속에 던져지고 말았다

병마

내 앞에 우두커니
구부정히 서 있는 그대…

가냘프고 날카로운 어깨
삐삐 마른 가시나무 다리…

움푹 패인 큰 눈망울로
마주한 나의 그대…

바람 공기마저
무겁게 적막하고

숨소리조차 희미해져
초침 소리가 가득하니…

그대 안에 자리 잡은 병마는
야멸차기 그지없도다…

무엇이도 그리 급한지
쉼 없이 퍼지는 병마는

나의 앙상한 그대를
더더욱 야위게 하고…

나 또한 뉘엿뉘엿 저물어가는
햇살을 바라보며

헤어짐이 멀지 않음에
사시나무 떨듯 떠는구나…

야속히도 저문 해는
과연 다시 뜰까

다시 뜬들
나의 그대를 대신할 수 있을까

병마는 저 하늘 위 조물주의
야속한 대리인이니

하늘의 뜻이 그러하시다면
내 능히 그 뜻 받아들이겠다마는

조금만 더 나의 그대에게
밝은 해와 은은한 달빛을 볼 수 있게 허락해 주신다면

나 그대에게
평생 동안 바랄 것이 없을 것이도다

하늘 위의 그대여
나의 그대에게 부디 자비를 베풀 소서

꼭 쥔 손

앙상히 가시 같은 여린 손…
탄력 잃은 힘없는 혈관들…

나를 보듬어주던
따스하고 아름다웠던 그 손길이
이제는 점점 더 시들어 가는구나…

톡…톡…톡…
힘없이 움찔거리는 맥박 소리에
내 눈물도 톡…톡…톡…

나의 온기라도 보탬 되고자
꼭 쥔 손을 놓지 않고
맘속으로 속삭이네…

내 생명 좀 나눠 주소서…
내 수명이라도 나눠 주소서…

가는 길 외롭지 않게 쓸쓸치 않게
같이 가게 해주소서…

꼭 잡은 손 놓지 않고
같이 가게 해주소서…

죽음

내 곁의 존재가 떠나간다
그 존재는 나의 전부다

그 존재는 나를 생하고
나를 남겨둔 채 서서히 사라져간다

무디어져 가는 나는
다시 날을 세워 떠나가는 그대를 붙잡고 싶지만

희미해져 가는 그 존재는
이내 나의 손아귀에서 벗어나고 만다

꿈의 여정에 다다른 그대를
놓아주련다…

여정의 선물은
죽음에게 안식을 줄 것이다

나의 존재여

편안히 잠들어라…

작별

해가 떠오르면
어느덧 달이 떠오를 준비를 하고

마주함이 있으면
헤어짐이 있기 마련이고

설레이는 웃음이 있으면
목 메이는 울음이 있듯이

만남이 있으면
작별이 있기 마련이니

슬픔이 두려워
시간을 붙잡지 마세요

쉼이 필요한 그이를
포근한 바람결에 나긋이 보내어 주시어요

독백

사무침이 흘러가는 바람에 실려
저 끝 모를 끄트머리를 향하며 나아간다

흘러흘러 떠내려가는 간절한 기억들을
한 움큼 쥐어보려 하지만

고단함에 뭉뚝하게 굳어버린 손아귀가
애달프게 저 기억들을 쓰다듬지 못하는구나

눈물과 함께 증발해 버린 사무침은
바람과 함께 보이지 않는 여정의 길을 나아가고

동행할 수 없는 나는 그 길을 촉촉한 눈길로
막연히 바라보는구나

간절함을 버리려무나…
그리움을 버리려무나…

웃음 짓는 하늘 위로

그저 어린 시절 순수한 미소만 보내려무나…

나의 상념들

공상 화가

지그시 감은 두 눈
바람에 흩날리는 푸른 자연의 숨결을
한 줌 잡아 움켜쥐고는

방랑 나그네의 검은 마음속
짙은 바다에 흩뿌려주네

낯선 푸른 숨결이 짙은 바닷속에
잔잔한 물결을 일으키고

고독했던 심연의 바다는 울렁이는 파도와 함께
그렇게 변화의 변주곡을 맞이했다네

자연의 숨결이 아름답게 속삭이니
심연 속 수줍은 꽃 감정들이 붉게 만개하고

만개한 붉은 꽃 내음이
자연의 푸른 숨결과 어우러져
짙은 바다 검은 캔버스에 다채로운 물감을 선물해 주었네

낯선 이방인을 흠모하게 된 나그네는
재빨리 검은 캔버스 위에 각인의 붓으로
거침없이 색을 채워나가네

어느덧 다채로운 색깔들로
가득 채워진 검은 캔버스에는
더 이상 검음이 존재하지 않았고

아름다운 빛깔들로 가득한
향기로운 그림이 완성되었다

지그시 눈을 뜨며
향기로운 그림을 기억하며

새하얀 종이 위에
창작의 글씨를 그려나간다

그렇게 상상 속의 기억들로

공상 화가의 시 한 수가 한 점 그려졌다

고마움

알지도 못했던 그대
일면식도 없었던 그대

상상조차 하지 못했던 그대가
먼발치 과거에 홀연히 모습 비추어

대가 없는 도움의 손길을
옹골차고 굳건하게 건네고 있었다네

사계절 세월이 흐르고 흘러
그 청렴한 손길 움켜잡은 누군가는

온기 품은 따스한 손길이
희망의 불씨라도 될까 바라며

아니 꼭 그리되길 바라며
더욱더 간절히 움켜쥐었다네

대가 없는 올곧은 손길 속에서
은은히 퍼져 나오는 그 따스한 온기가

잡을 지푸라기조차 한 올 없어
허덕이던 그 누군가의 꽁꽁 언 삶을

정성스레 어루만져
녹여 주었다네

눈 녹듯 녹아 방울방울 떨어진
고단함의 이슬방울들

이슬방울들의 무게만큼
마음속 고단함의 무게도 후련히 덜어졌다네

고맙고 고맙고
또 고마와라

이 따스한 고마움
또 다른 그 누군가에게 언젠가 기필코 전해주리…

이 대가 없는 도움의 온기
나와 닮은 그대들에게 반드시 전해주리…

아련한 추억

추적추적 흐린 비가 내리는
몽롱한 기억 속 어느 날

뭉게뭉게 운무 사이로
익숙한 어린아이가 보인다

하얀 우산을 쓴 아이의 고사리 같은 다른 한 손에는
검은 우산이 하나 들려있다

으슬으슬 흐린 비에도
아이는 수줍게 미소를 띠고 있다

나의 눈과 마주친 어린아이가
나에게 다가온다

알 수 없는 감정들이
눈물샘 사이로 슬피 흐른다

감정을 훔쳐내지 않는다
흐린 비가 감정을 감쳐주기에

어느새 나와 마주 선 아이는
수줍게 검은 우산 하나를 씌워준다

흐린 비가 멈추는 바람에
감정을 들키고 말았다

아이는 발을 쫑긋 세워 감정을 닦아내 주고는
홀연히 사라져 버렸다

나와 닮은 아이…
아련한 추억 속 내 모습이었구나…

내 맘속 깊은 곳 어딘가에도
수줍은 미소가 있었지…

그 수줍은 미소는 슬픈 비와 함께
내 추억 속으로 영원히 스며들었었지…

어스레한 운무가 서서히 걷히고
스르르 잠에서 깨어난다

검은 창가 너머 밤하늘에
수줍은 별빛들이 반짝인다

고사리 같았던 손을 뻗어
별빛을 보듬어본다

아련했던 추억들을 고이 접어
별빛에 꼭 쥐여 주고는

깊은 밤하늘과 함께
아득한 어둠 속으로 편히 가라앉는다…

7장 · 나의 사랑들

세월

세월아 세월아 시간의 세월아
걸음을 아껴다오 그대 발걸음이 너무 가벼우이

네 놈 발모가지에 실한 납덩이 하나 묶어두라
네 녀석 촐랑거리는 날랜 발이 정신없이 사납구나

어찌 그리도 황급히 가려 하느냐
나 아직 여기 있거늘 그리 홀랑 가려 하느냐

조금만 천천히 가거라 숨 헐떡 차올라 벅차느니라
조금만 쉬었다 가면 아니 되겠느냐

저 단단한 흙바닥 뚫고 나오는 여린 새싹들이며
늘 푸른 하늘이 내뿜는 청명한 바람의 숨결들이며

짠내 풍기며 울렁이는 파도의 부서지는 물결들이며
창공의 파란 얼굴을 수줍게 붉히는 노을들을

어찌 그렇게 모른 체하며 쉽사리 떠날 수 있겠느냐
어찌 그렇게 너 세월은 그리도 매정하더냐

그러지 말고 조금만 쉬었다 가자
급히 가든 느즈막이 가든 어차피 가던 길은 가느니라

게으름 좀 피웠다가 천천히 좀 가자꾸나
늦거든 혼이야 나겄지 두 번 죽겄느냐

그러니 발걸음 좀 또박또박히
아쉬움의 발자국 또렷이 찍으며 나릿나릿하게 가자꾸나

비밀정원

방랑 나그네가 노곤한 몸을 누이며
깊은 잠에 빠져들고

뭉글뭉글 꿈결의
아름다운 세상에 도착했다

나그네의 영혼의 쉼터
비밀의 정원으로 향한다

안개 장막 속 은밀하게 감추어둔 비밀의 문을
똑… 똑… 똑… 두들긴다

문 뒤편에 서 있는 하이얀 치렁치렁 치마
검은 장발의 백옥처럼 창백한 그녀

초점 잃은 창백한 그녀가
방랑 나그네를 무심히 반긴다

익숙한 형상의 그녀가
앙상한 손길을 내밀며

방랑 나그네를 그녀의 안식처로
무심히 인도한다

나의 사랑, 나의 인연
나를 생한 그녀와 닮은 그녀는

아련한 추억들이 넘실대는
비밀정원의 아리따운 정원사다

아름답고 창백한 그녀가
찬란히 빛나는 책장 속에서

소중한 추억의 파편들을 꺼내고는
방랑 나그네의 손에 꼬옥 쥐여 준다

꼭 쥔 손 사이로 희미하게 흘러나오는
파편의 빛들은

나그네의 그늘진 잿빛 안개를
서서히 거두어 나갔고

나그네의 먹먹했던 마음속 그리움도
그렇게 잔잔히 사라져갔다

댕… 댕… 댕… 이별의 종소리가 울린다
비밀정원이 문을 닫을 시간이다

창백한 나의 정원사가
매일 밤 어김없이 배웅해 주길 바라며

비밀정원의 문을 조심스레 닫고
무거운 발걸음을 내딛는다

다시 한번 휘이 돌아보고는
찢어지는 아쉬움을 뒤로 하고 비밀정원을 떠난다

현실 속에선 마주할 수 없는
아련한 꿈속의 공간들

나그네의 소중한 안식처

그녀가 살고 있는 나의 비밀정원…

종이계단

저 높디높은 하늘을 바라보는
우두커니 선 사내 한 명

창밖의 맑디맑고 연파란
푸른 창공의 들판을 주시하는
멍한 초점의 사람 한 명

하늘에 오를 발판 찾아
두리번두리번

홀로 선 방바닥 위에
힘없이 널브러져 있는

새 하이얀 종이들과
얄쌍한 검은 볼펜 한 자루

우두커니 선 사내는
새 하이얀 종이 위로

펜촉의 가냘픈 흑물을
뿌옇게 수놓는다

왜 그리도 가냘프고
슬프디 흩뿌옇까

알 길 없지만 사내의 깊은 속 길을
헤아리려 하지 않으려 한다

사내는 아랑곳하지 않고
무수히도 많은 새 하이얀 종이 위로

가슴 쥐어짜듯
뚝… 뚝… 뚝…
먹먹함의 흑빛 잉크를 떨군다

종이 한 장… 종이 한 장…

축축한 흑빛이 물들어
어둠의 산수화 한 폭 완성하고

그렇게 힘겹게 완성된
수많은 산수화들이 차곡히 쌓여

저 하늘 위로 오를 수 있는
종이 계단이 되었다

사내는 그 계단을 걷기 위해
마음속 가득한 인연들의 무게를
하나하나 내려놓는다

너… 그리고… 너… 또… 너…
나는 저 계단을 올라야 해…

그러니… 너… 또… 너…
저 어딘가의
또… 너희들…

나를 붙잡지 마렴
저 푸르른 하늘의 창공을 오르기엔
너희들이 너무 무거워

저 창공 위를 노닐고 싶구나
저 푸르른 창공 위의 세상은 파랗기만 하겠지

그래, 난 이제 푸르름의 창공 속에
나의 어둠을 감추고 싶구나

나를 붙잡지 마렴
한 걸음 한 걸음 오르러
종이 계단이 끝날 때 즈음에

아마도 나의 창백한 정원사가
앙상한 팔을 휘이 벌려 나를 꼬옥 감싸 안아 주겠지…

오… 오… 그대여…
눈시울 뜨겁도록 보고팠다오…

오… 오… 그대여…

목 메이듯 불러보고 싶었다오!!

엄마!! 엄마!! 엄마!!

파란 안개꽃

떠나시려 한 짐 보따리 꾸리시는
그대의 뒷모습…

남아 홀로 남아 그대 뒷모습 바라보는
어느새 다 커버린 어른 아이…

그대 가시는 발걸음 외로우실까
나의 꽃, 파란 안개꽃을

그대 발걸음 닿는 길목 마다마다
정성스레 가지런히 놓아봅니다

나의 마음 헤아리며
부디, 그 파란 안개꽃을 사뿐사뿐 밟으시옵소서…

파란 안개꽃의 꽃말
영원한 사랑…

영원한 사랑은 외로이 떠나시려는 그대에게
심심치 않은 말동무가 되어 주려니…

파란 안개꽃이
어른아이의 마지막 선물이요

내가 그대 가는 길목 쉬이 기억하기 위한
간절함의 이정표랍니다…

그대여… 그 길대로…
파란 안개꽃이 일러주는 그 이정표대로…

그 길을 벗어나지 말고 곧장 가시옵소서…
어른아이도 그 길을 또렷이 따라가렵니다…

하얀 국화꽃

그대 향한 나의 잔잔한 잔불이
포근한 온기 이불 되어 따스히 덮어 드리리다

시린 하늘 구름 된, 별빛 된 그대에게
포근한 온기를 애절히 보내나이다

천사 손끝마냥 새하얀 국화꽃을
하늘 향해 감사히 흩뿌려 주리리다

바람이 불어와 날개를 더해주니
아름다운 천사되어 그대의 동무가 되리다

천사의 고결한 손짓이
순결한 하늘문을 열어주니

그대와 나, 나와 그대에게
광명의 햇살로 미소 짓게 하리리다

고달팠던 시련 잊으소서
사무쳤던 눈물 거두소서

모든 것 남김없이 내려놓고
남김없이 가벼이 가소서

가거든 잊지 말고
부디 바라봐 주소서

언제나 그대 눈길 마주하리니
언제나 마음속에 고이 간직하리니

나의 햇님

뭉뚱한 솜뭉치 손이 가리킨다
멀뚱히 구름 뭉치 너머로

해맑은 웃음꽃이
마냥 근심 없이 벌어진다

영원할 듯했던 햇님이
만개한 꽃잎들을 나긋이 뿌려주었다

지저귀는 산새들의 소리가
파릇한 나뭇잎을 타고 귓가를 맴돌았다

달콤한 뭉치뭉치 솜사탕을
달콤히 혀끝으로 보듬어보았다

끈적이는 솜뭉치 손을
햇님이 닦아주었다

햇님은 언제나 쉬지 않고 밝았다
그런데 갑자기 구름 베개를 베었다

햇님도 졸음이 쏟아졌나 보다
햇님에게 은하수 이불을 살며시 덮어주었다

다음날이면 또다시 햇님이 깨어날 것이다
아마도 또다시 나의 햇님이 뜰 것이다

황혼

지지 않던 황혼이 질 적에
어스름한 주홍빛마저 사라질 적에

하늘빛이 회색빛으로 물들어 갈 적에
따스함이 서늘해질 적에

주홍빛이 두 뺨에
따스함이 두 눈가에 스며들었다

붉게 타다 저문 황혼을
밤하늘과 나눠 가졌다

한 줌 재와 가녀린 연기는 밤하늘이
따스한 기억들을 헛헛한 가슴에 담았다

꿈의 여정

아지랑이 하늘하늘 꽃피우는
저 푸른 들판에 뽀드득뽀드득 발자국을 찍는다

첫 발돋움이 신나고 즐겁구나
가벼운 총총걸음이 기나긴 여정의 모름에 마냥 행복하다

가벼웠던 총총걸음
어느새 삶의 무게에 뚜벅뚜벅 무거운 발걸음을 내딛는다

멈추지 말고 나아가라
밤하늘의 별들이 앞길을 비추리라

네 안의 희미한 불씨들이
별들과 벗 되어 너의 시름을 나누리라

끝에 다다른 너의 발걸음은
왠지 모를 아쉬움에 차마 마지막 발돋움을 망설인다

여정이란 종착지가 있기 마련이다
마지막 힘찬 발걸음으로 짙은 밤안개를 흩트려라

흩트려진 밤안개 사이로
여정의 선물이 너를 기다린다

꿈은 그렇게 우리에게 다가온다
시련과 행복과 아픔의 연속이 여정의 끝으로…

인연

앞길이 보이지 않는
컴컴한 암연 속을 헤매이다

알 수 없는 운명의 바람에
홀연히 휩쓸려

네가 있는 꽃밭에
사뿐히 발끝을 디디었어

컴컴한 흑빛 속에 황홀히 흩날리는
너의 꽃잎들과 나비들이

나의 공활한 허공 속 도화지에
빈 공간을 채워주었지

어느새 무지갯빛 꽃잎들과
라일락 꽃향기가 가득히 채워진

나의 총천연색 도화지는

한 폭의 수채화 한 점 되어
나비들과 훨훨 뛰놀았지

흑빛 속에 낯설은 햇빛은
내 삶에 활기를 심어주었어

고마워…

인연은 헤어지기 마련이지만
헤어짐은 슬픔을 남기게 되기 마련이지만

너의 꽃잎들과, 꽃내음과, 나비들과, 햇빛은
영원히 지워질 수 없는 행복을 그려주고 갔어…

인연이란 그런 거지…

채워주고… 비워주고…
그리고 살아갈 용기를 주는 거야

언젠가는 다시 마주하겠지
그때까지 살아갈게

네가 그려준
아름다운 한 점 수채화를 바라보며…

별빛의 소원

빼곡히 수놓은
눈부신 별빛

깊은 어둠 내려앉은 밤하늘의
무한히 펼치어진 은하수들

까맣게 내린 검은 칠판에
희미하게 피어나는 저 밝은 별빛들

감정 있을까 궁금한
저 칠흑 속의 영롱한 별빛들

아마도…
무수히도 많은 저 별빛들은
땅 위에 거닐던 누군가들의 영혼이겠지

아름다운 희망의 별빛들이
어둠 내려앉은 땅 위를 보살피듯 비춰 주는구나…

별빛의 소원 하나…
잘 지내렴… 잘 지내세요…

낮에는 햇살 보며 밝게
밤에는 별빛 보며 밝게

언제나 밝게 지내렴… 밝게 지내세요…
언제나 밤하늘의 별빛은 당신을 비출 거예요…

에필로그

눈에는 보이지 않지만
내 마음속에는 반드시 존재하는
하늘로 향하는 유일한 길
종이 계단…

눈에 보이지 않는 그 아득한 천국의 계단이
내 눈앞에 선명히 찬란하게 비출 그 날까지
또 하루를 살아간다…

바람에 흩날리는 하얀 꽃잎들처럼
따스했던 햇살이 저물어 저 하늘의 어둠 뒤로
모습을 감추는 것처럼…

그렇게 평안히 감춰질 날이 언젠가는
반드시 찾아옴을 간절히 기다리며
나의 헛헛한 마음속에 희망의 봄바람을
나긋이 불어 넣어본다…